LE PETIT BONHOMME BLANC

Texte de
Béatrice Solleau

Illustré par Sylvie Chrétien

ÉDITIONS LITO

Dans un pays enfoui sous la neige en hiver et couvert de marguerites au printemps, vivait un p'tit bonhomme tout blanc. Le ciel, lavé à grande eau par les nuages, était transparent ; le paysage, les oiseaux, les fleurs, étaient toute l'année sans couleurs, et le p'tit bonhomme trouvait que la vie était bien monotone. Aussi décida-t-il un jour de partir à l'aventure. Il fit ses valises : deux shorts blancs, trois chemises et une paire de baskets ; puis il ferma sa maisonnette à clef et prit la poudre d'escampette. Il marcha longtemps, longtemps, traversa des plaines, des forêts et tout était toujours blanc !

Mais un beau matin, il grimpa sur une colline et vit à ses pieds un grand champ de coquelicots, flamboyants sous le soleil. Il poussa un cri de joie, dévala la pente à toute vitesse, trébucha et tomba le nez dans les fleurs. Un rire moqueur salua son arrivée. Confus, le p'tit bonhomme se releva ; trois petites filles, habillées de rouge et coiffées de chapeaux pointus, s'approchèrent de lui.

— Bonjour ! dit l'une, je m'appelle Confetti !
— Et moi, Mélanie ! dit l'autre.
— Moi, Didi ! murmura la dernière en rougissant.

Le p'tit bonhomme, ébloui par la couleur de leurs joues et de leurs habits, s'inclina et se présenta ; mais un terrible miaulement l'interrompit. Le p'tit bonhomme se retourna et vit alors un chat géant qui le regardait avec des yeux perçants.

Confetti, Mélanie et Didi, elles, avaient disparu sans qu'il comprît comment. A son tour, il voulut prendre la fuite, mais le chat posa sur lui sa grosse patte.

— D'où viens-tu petit bonhomme ? lui demanda-t-il d'une voix rauque, c'est bien la première fois que je te rencontre !

— En... enchanté ! bégaya le p'tit bonhomme. J'habite... le... le pays blanc ; je suis seulement de pas...sage... Je.. je me promène !

— Eh bien, tu es ici dans le pays rouge ! dit le chat en sortant ses griffes et tu dois connaître la loi ; il est interdit de toucher aux pommes des pommiers, ou sinon, GARE À TOI !

Sur ces mots, il partit la tête haute, laissant le p'tit bonhomme pâle et tremblant.

Quand l'animal eut disparu, trois coquelicots en boutons s'ouvrirent lentement ; le p'tit bonhomme stupéfait vit alors apparaître les chapeaux pointus de Confetti, Mélanie et Didi qui sortaient de leurs cachettes.

— Tu l'as échappé belle ! lui dit Mélanie en défroissant sa jupe. Ce chat est tellement glouton qu'il dévore tout ce qu'il trouve ! Depuis qu'il est ici, nous avons à peine de quoi manger car il raffole surtout des belles pommes rouges de nos pommiers !

— Et nous ne savons même pas d'où il vient ! ajouta Confetti.

— Ni comment le chasser ! s'écria Didi rouge de colère. Un chat de cette taille, ce n'est pas banal !

— Il y a sûrement un moyen de se débarrasser de cet animal, dit le p'tit bonhomme en gonflant la poitrine. Laissez-moi seul un moment, je vais y réfléchir !

Impressionnées, les petites filles obéirent et s'éloignèrent sur la pointe des pieds.

Le p'tit bonhomme tourna en rond, cherchant vainement une solution. Il faisait si chaud qu'il retira sa chemise, s'allongea dans l'herbe et fit un petit somme.

Il se réveilla rouge comme un coquelicot ! Le soleil avait brûlé sa peau ! La gorge sèche, il se mit à marcher au hasard mais il ne trouva rien à boire ; pas une goutte d'eau ! Partout, il n'y avait que des pommiers, et leurs belles pommes rondes lui faisaient envie. Il ne put finalement y résister ; il grimpa dans un arbre, cueillit un fruit et le croqua à pleines dents.

Soudain, le sol trembla, et le p'tit bonhomme vit au-dessus de lui se dessiner l'ombre du chat. Terrifié, il rentra la tête dans les épaules et se fit tout petit.

— OH ! LA BELLE POMME ROUGE ! dit le chat en l'apercevant !

A sa grande surprise, la pomme se détacha soudain de l'arbre, tomba par terre et se mit à courir dans l'herbe. Le chat demeura interdit jusqu'à ce qu'il reconnaisse le p'tit bonhomme rougi par le soleil; il se lécha les babines et bondit.

Le p'tit bonhomme se crut perdu, quand un coquelicot se referma sur lui, le mettant ainsi à l'abri. Le chat se demanda où était passée sa proie; mais la faim le tenaillait et, sans plus s'en soucier, il grimpa dans un pommier et dévora toutes les pommes. Puis, le ventre plein, il s'en alla.

Quand il fut loin, la fleur où se cachait le p'tit bonhomme s'ouvrit pour le laisser passer. Il s'assit sur le bord d'un pétale et s'épongea le front avec son mouchoir blanc, quand un papillon bleu vint se poser à ses côtés.

— Bonjour ! lui dit le p'tit bonhomme. Comme tes ailes sont jolies ! Je ne connaissais pas cette couleur.

— Dans mon pays, tout est ainsi ! répondit le papillon. Si tu veux, je t'emmène le visiter.

Le p'tit bonhomme ne se fit pas prier. Il en avait assez de tout ce rouge, un peu de bleu lui changerait les idées ! Et il grimpa sur le dos du papillon.

Ils survolèrent bientôt un pays couvert de bleuets et de rivières. Le p'tit bonhomme, qui avait très soif, demanda au papillon de le déposer au bord de l'eau. Alors qu'il s'apprêtait à boire, un gigantesque poisson sortit des flots et l'arrêta :

— Ne bois pas, malheureux ! Ou tu deviendras si gros que tu passeras ta vie à avoir faim !

Le p'tit bonhomme sursauta.

— Je serais curieux de savoir si tu dis la vérité ! dit-il. Si quelqu'un a déjà bu de cette eau, montre-le moi !

— On ne ment jamais au pays bleu ! rétorqua le poisson indigné.

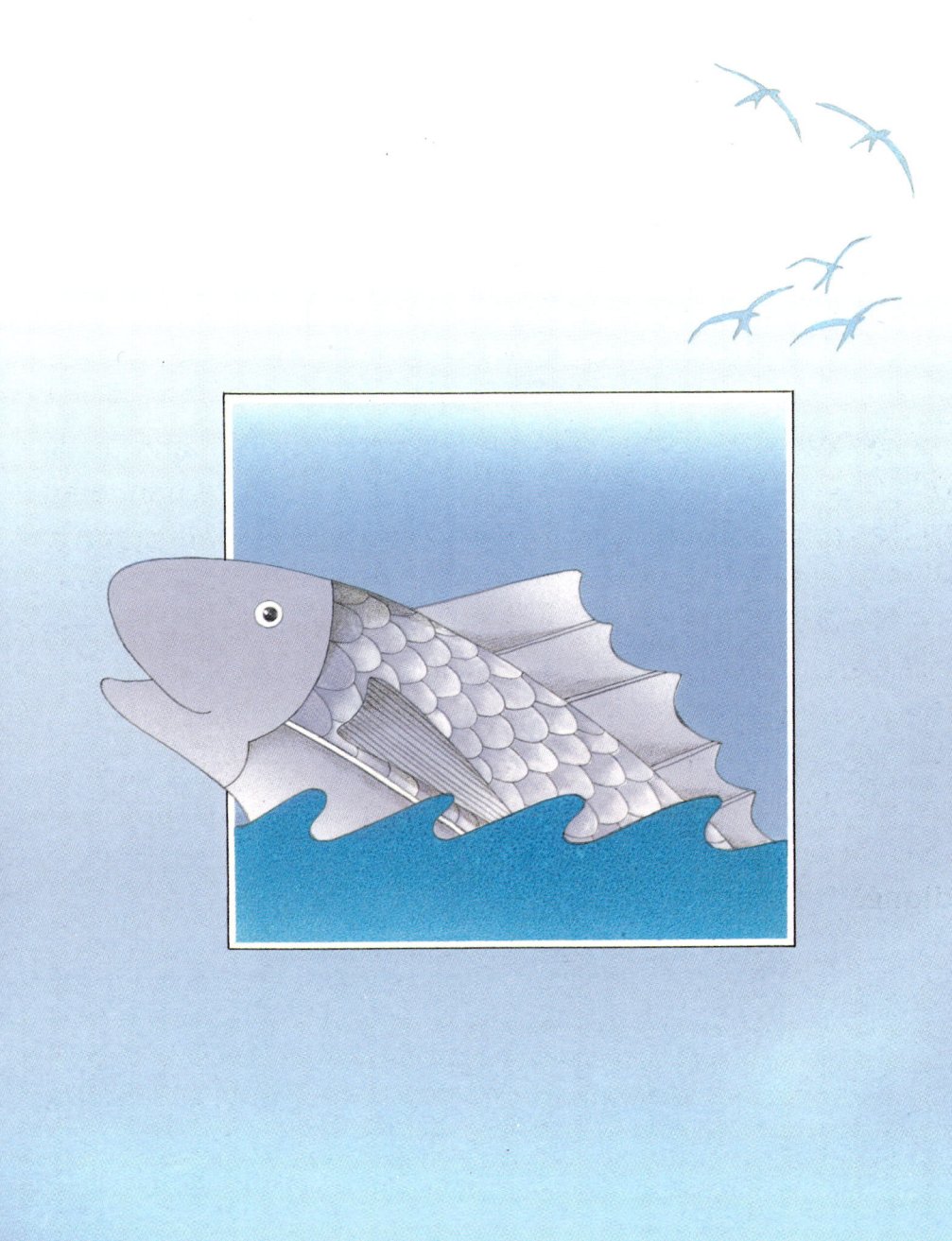

Un jour, un chaton a bu l'eau de cette rivière ; il est aussitôt devenu énorme ; mais je ne peux pas te le montrer, il s'est enfui et on ne l'a jamais revu !

— Je te crois ! soupira le p'tit bonhomme. Je connais ce chat !

— Comment ! tu l'as vu ? Tu sais où il est ? demanda le poisson, mais c'est magnifique !

Il plongea dans l'eau et en ressortit avec une paire de petits ciseaux dorés.

— Coupe-lui les moustaches avec ces ciseaux ! dit-il au p'tit bonhomme, et il retrouvera sa taille normale. Quant à moi, je n'aurai plus à m'inquiéter de le voir un jour venir me pêcher !

— Et Confetti, Mélanie et Didi seront ravies d'en être débarrassées, ajouta le p'tit bonhomme qui remercia le poisson et partit.

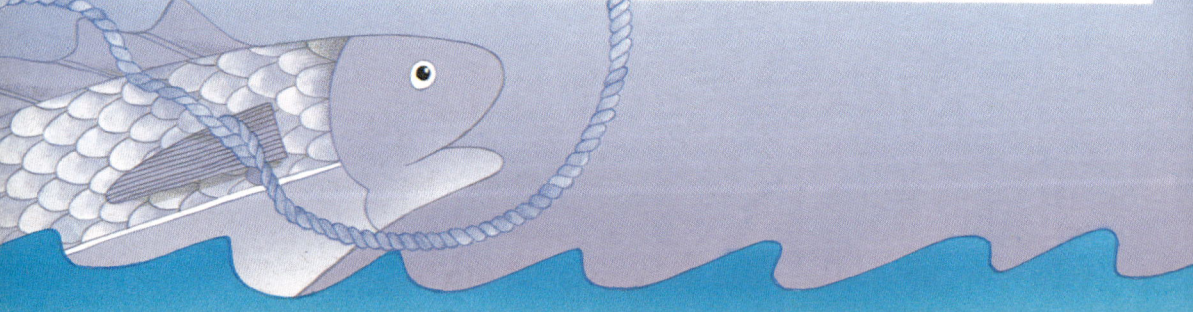

Le papillon bleu le raccompagna au pays rouge en lui recommandant d'être prudent, mais le p'tit bonhomme était pressé d'en finir. Il grimpa dans un pommier et croqua toutes les pommes à sa portée. Le chat, qui avait toujours un petit creux à l'estomac, ne tarda pas à arriver. Lorsqu'il vit toutes ses pommes à moitié mangées, son poil se hérissa. Fou de rage, il secoua le pommier et aperçut soudain le p'tit bonhomme qui s'accrochait à une branche.

— CETTE FOIS, TU NE M'ÉCHAPPERAS PAS! cria le chat. Alors le p'tit bonhomme, prenant son courage à deux mains, lui sauta sur le museau, en brandissant ses ciseaux. Mais il glissa, tomba par terre et le chat se jeta sur lui.

Le papillon sauva juste à temps son ami en l'emportant dans les airs. Debout sur ses deux pattes arrière, le chat essaya de les attraper, mais ils se posèrent sur son nez et, cette fois, le p'tit bonhomme réussit à lui couper les moustaches.

Il se retrouva aussitôt par terre, avec à ses pieds, dans la poussière, un chaton qui miaulait.

Cachées derrière le pommier, Mélanie, Confetti et Didi surgirent en poussant des cris de joie. Elles acclamèrent le p'tit bonhomme et le papillon bleu, puis caressèrent le petit chat qui se mit à ronronner de plaisir.

— Tu es bien plus mignon comme ça ! lui dit Mélanie en le prenant dans ses bras.

Un grand goûter eut lieu en l'honneur des héros. Le jus de pomme coula à flots ; on déplia une nappe sur les coquelicots où l'on s'installa pour déguster les chaussons aux pommes, les tartes et la compote. Seul le petit chat refusa de manger ; toutes ces pommes lui donnaient mal au cœur !

On dansa et on chanta toute la nuit. Au petit matin, le papillon, les petites filles et le chaton accompagnèrent, pour un petit bout de chemin, le bonhomme tout blanc qui s'en retournait chez lui.

A midi, ils arrivèrent en haut de la colline. Le p'tit bonhomme dit adieu à ses amis et leur offrit un petit nuage blanc pour qu'au pays rouge il pleuve de temps en temps.

Avant de le laisser partir,
Didi lui donna, en rougissant,
un joli soleil couchant pour égayer son pays blanc.

dans la ruche

Bzzbzz l'abeille a bu un peu trop de nectar. Aide-la à retrouver la sortie de la ruche.

mots croisés illustrés

Un match de rugby est organisé à la ferme. Retrouve les noms de chaque animal-joueur et place-les correctement dans la grille.

La mourre

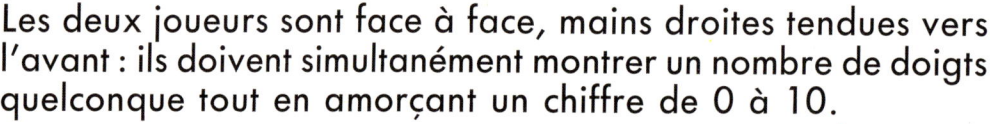

Les deux joueurs sont face à face, mains droites tendues vers l'avant : ils doivent simultanément montrer un nombre de doigts quelconque tout en amorçant un chiffre de 0 à 10.

Celui qui annonce un chiffre égal au total des doigts montrés par chacun d'eux gagne un point.

Exemple : Eric dit 7 et montre 4 doigts, tandis que Sophie dit 6 et montre 2 doigts : 2 + 4 = 6; c'est donc Sophie qui marque un point.

Le zéro est représenté par le poing fermé.

Il faut jouer très vite et sans interruption entre les coups.

Les doigts de la main gauche servent à comptabiliser les points.

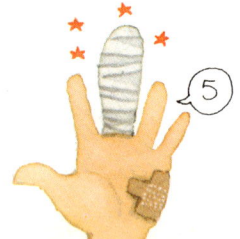

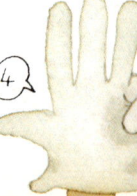

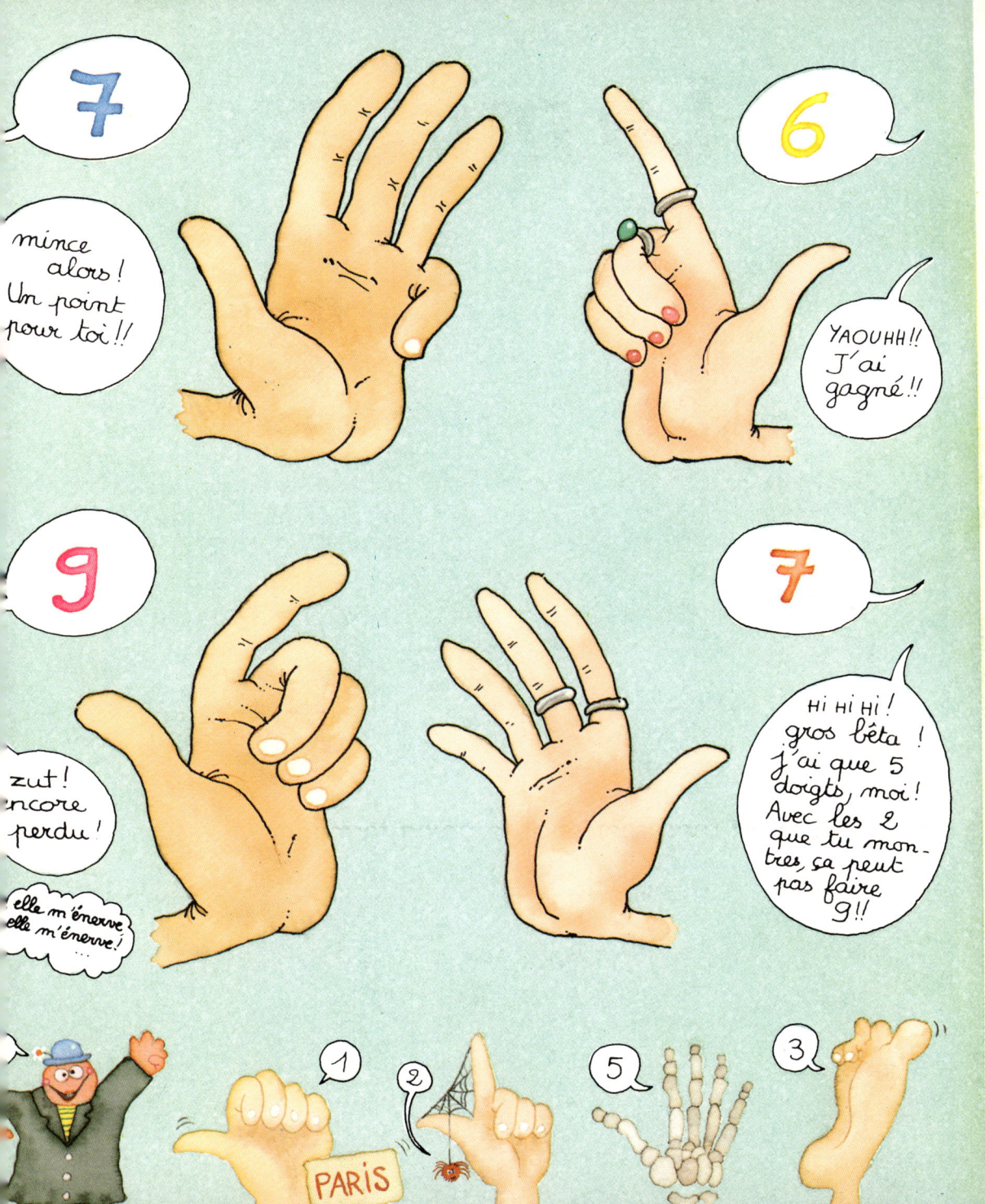

1. Quelle est la question à laquelle nul ne peut répondre par oui ?
2. Que casse-t-on toujours avant de l'utiliser ?
3. Qui a accompli le plus grand nombre de tours du monde ?
4. Qui pleure en apercevant le soleil ?
5. Quelle différence y a-t-il entre un écureuil et une brosse à dents ?